給爸媽的話　引導幼兒自己說故事

幼兒學說話是靠看嘴形、聽聲音來模仿練習的，親子間的互動必定比單憑電視或光碟教學，更能提升幼兒語言學習的效能。

這套「*我會自己說故事*」正好為爸媽提供訓練幼兒說話的材料。我們建議爸媽每天抽出最少10分鐘，以循序漸進方式按下面五部曲和幼兒說故事，為他們語言學習及閱讀興趣的培養奠定重要基礎。

「*我會自己說故事*」系列使用方法五部曲：

1. 爸媽參考書後「故事導讀」，依照圖片給幼兒說故事

爸媽可參考書末的「故事導讀」，並按照圖片內容，以口語邊讀邊指着圖片，和幼兒說故事。當然爸媽也可以增刪、重新創作故事內容，讓閱讀的樂趣得以延伸。

2. 按幼兒感興趣的內容重覆說某一段／某一個故事

幼兒或許會對某一幅圖片或某一個故事感到有趣，而要求您再說一遍。就算您已覺得厭倦，但想到這正是他快樂地吸收語言基礎知識的機會，所以您也不要太快拒絕他。您可按其需要重覆內容1～3次，並試着邀請他跟您說單字、單詞，甚至短句。

3. 爸媽鼓勵幼兒參與說故事

為了鼓勵幼兒參與說故事，爸媽可以在說到某些情節或事物時給予停頓，讓幼兒自行說出故事的一小部分內容。如果幼兒願意嘗試參與說故事時，記得要給予擁抱、讚賞等適當的肯定和鼓勵。

4. 爸媽鼓勵孩子自行試着說故事

有時爸媽會拿着圖書強行要幼兒自己說故事，可是他們十居其九都不會乖乖就範。記着，爸媽鼓勵幼兒試說故事時，要保持輕鬆的氣氛，也要按其需要和興趣而行。

5. 為爸媽／幼兒所說的故事錄影或錄音，隨後播放給幼兒欣賞

現在的通訊科技如此發達，爸媽可以用手機隨時為親子間所說的故事錄音、錄影。這樣除了可以引發幼兒的好奇心和建立其語言表達的自信外，也可以讓他在重溫時激發閱讀樂趣，提升本系列最大的學習果效。

期望透過「我會自己說故事」系列和以上五部曲，您家的幼兒很快也學會自己說故事了！

特約編輯

鄭雅燕

小豬的西瓜（謹慎思考）

特殊的傘（物盡其用）

調皮的小貓 （用對好奇心）

小老鼠搬雞蛋（互相合作）

化粧的小熊 （喜歡自己）

7

大象救火（用對方法）

小刺蝟運草莓 （善用長處）

穿鞋子（了解自己）

生病的蘋果樹 （使用正確方法）

切西瓜 （不與人計較）

小黃狗請客（了解別人）

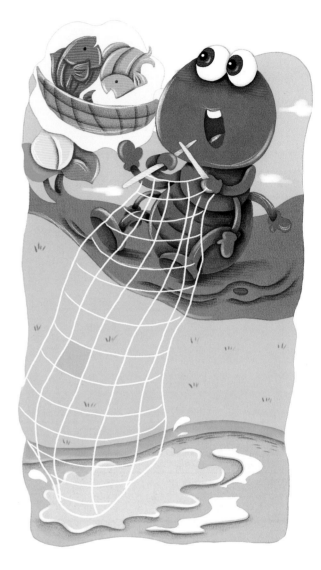

小白兔畫畫（留意環境變化）

好心的小鼴鼠

想飛的小雞（不放棄的恆心）

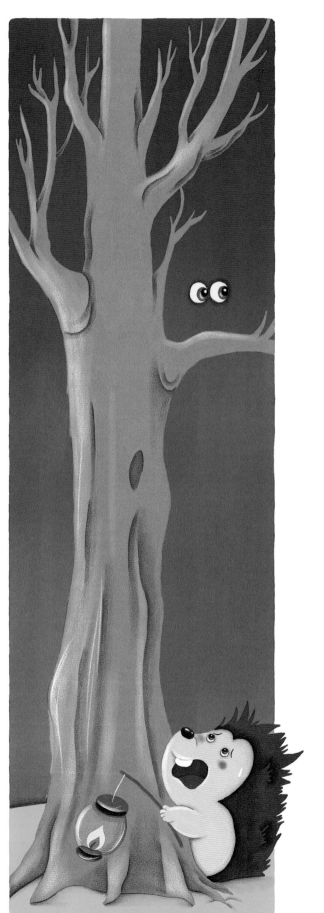

鳥兒回家了（善用長處）

小山羊撐傘（團結精神）

小黃狗的新毛衣（想清楚再做）

補襪子（做事要謹慎）

山羊爺爺的帽子 （先思考再行動）

挖地洞（計畫要周詳）

勇敢的小刺蝟（善用優勢）

故事導讀（參考使用）

P2　小豬的西瓜（謹慎思考）

1. 兩隻小豬買了一個大西瓜，搬起來好重呀！
2. 牠們想了一個「好」辦法，讓西瓜自己滾回家。
3. 小豬切開西瓜一看，裏面全都變成了水，嘩啦啦流得到處都是。

★ 事情如果沒有想清楚就去做，可能會得到反效果。

P3　特殊的傘（物盡其用）

1. 四隻小老鼠抬着新桌子要回家。
2. 下雨了，大家都沒有帶雨傘，也找不到可以躲雨的地方。
3. 小老鼠們好聰明，一起躲到桌子底下，就不怕被雨水淋濕，真是太好了。

★ 遇到困難時，先仔細觀察，盡量利用身邊的資源來解決。

P4　調皮的小貓（用對好奇心）

1. 貓媽媽在織毛衣，小貓好奇的看着滾來滾去的毛線球。
2. 看見媽媽出門了，小貓趕緊撲上去，開心的玩着毛線球。
3. 媽媽回來一看，調皮的小貓已經被毛線纏住，動也動不了。

★ 好奇心用在不正確的地方，便會出問題。

P5　小老鼠搬雞蛋（互相合作）

1. 小老鼠發現了一隻大雞蛋，牠們好高興呀！
2. 雞蛋太大了，牠們搬得好辛苦。
3. 一隻小老鼠說：「我來當拖車吧！」牠緊緊抱着雞蛋，另一隻小老鼠在前面拉着牠的尾巴，繼續向前進。

★ 一個人沒辦法完成的事情，找朋友一起動動腦筋，問題便更易解決了。

P6　可怕的老鷹（查明真相）

1. 小鳥在天空裏自由自在的飛翔。
2. 哎呀，不好了！老鷹來了，大家快逃命！
3. 原來是小男孩在放老鷹風箏呢！真的嚇壞小鳥們了。

★ 有時候，事情和我們所想像的並不相同，我們應主動了解，不要逃避。

P7　化粧的小熊（喜歡自己）

1. 小朋友都很喜歡大熊貓，小熊看見了，覺得十分羨慕。
2. 小熊靈機一觸，把自己畫成大熊貓的樣子。
3. 太好了，牠也和大熊貓一樣受歡迎了，真開心！
4. 哎呀，下雨了！小熊身上的顏料被洗掉，熊貓變回小熊了啦！

★ 每個人都有屬於自己的優點和特色，不用刻意模仿別人喔！

P8 大象救火（用對方法）

1. 房子着火了，快來救火啊！
2. 動物們拿着水桶急忙趕來救火，可是水太少了，滅不了火。
3. 大象來了，牠用長鼻子吸滿水噴向房子。看！火被撲滅了！

★懂得使用正確的方法和求助於適當的人，問題會比較容易解決。

P9 小刺蝟運草莓（善用長處）

1. 小刺蝟摘了很多草莓。
2. 牠想到自己沒有帶籃子出門，要怎麼把草莓運回家呢？
3. 啊，有辦法了。小刺蝟在地上滾了一圈，把草莓都扎在身上，高高興興地回家去了。

★多培養一些屬於自己的長處，碰到問題時就能好好利用。

P10 豬寶寶看書（培養興趣）

1. 吃飯時候到了，豬爸爸在哪裏？
2. 小豬去找爸爸。哦，原來爸爸在書房裏看書呢！
3. 吃飯時候過了，豬爸爸和小豬在哪裏？
4. 原來是圖書太好看了，豬爸爸和小豬都忘記肚子餓了呢！

★做自己喜歡的事情時，會比較投入，也會很快樂的。

P11 穿鞋子（了解自己）

1. 熊爸爸和熊寶寶來到一家鞋店門前，熊寶寶興奮地說：「爸爸，你看，穿皮鞋真神氣啊！」
2. 穿上了皮鞋，熊爸爸和熊寶寶都覺得很得意。
3. 穿了沒多久，熊爸爸和熊寶寶都說：「腳真的很痛啊！穿着皮鞋來走路，太辛苦了！」
4. 哇！脫掉不合適的鞋子，真的輕鬆多了！

★勉強自己做不合適的事情，很難得到真正的快樂。

P12 生病的蘋果樹（使用正確方法）

1. 蘋果樹生病了，牠告訴一旁的小鴿子：「我現在很難過。」
2. 小鴿子請啄木鳥醫生來幫蘋果樹看病。
3. 多虧了啄木鳥，蘋果樹的病治好了，結出了一個個又紅又甜的大蘋果。

★如果事情進行得不順利，便要找出問題，用正確的方法解決。

P13 切西瓜（不與人計較）

1. 小熊抱了一個大西瓜，要和小老鼠一起分享。
2. 喀嚓，西瓜切開了，可是被小熊切得一半大、一半小。
3. 小老鼠說：「小熊個子大，吃大的；我個子小，吃小的。」

★與朋友分享時，不要計較誰得到的多，誰得到的少。

P14 動物學排隊（學習排序）

1. 梅花鹿老師請小動物們排好隊，牠們很快便排成一行。
2. 梅花鹿老師說：「不可以這樣，要由高至矮來排隊才可。」
3. 大家按照高矮排列整齊了，看起來也特別精神。

★依照大小、高矮、長短等將事物分類，看起來會更井然有序。

P15 小黃狗請客（了解別人）

1. 小黃狗請朋友們到家裏作客。
2. 咦！大家都不喜歡吃骨頭嗎？
3. 原來是小黃狗沒弄清楚朋友們喜愛吃甚麼。小朋友，你可以告訴牠嗎？

★每個人都有不同的喜好，你喜歡的東西，朋友不一定也會喜歡的。

P16 小蜘蛛捉魚（正確使用工具）

1. 小蜘蛛看見小貓用網子捉魚，心想：「我也有網子，我也要捉魚。」
2. 小蜘蛛織呀織，織了一張大網。
3. 牠把網放進水裏，靜靜的等着魚兒游進網裏。
4. 過了一會兒，小蜘蛛把網拉起來，發現網已經破了，牠好失望啊！

★ 看起來相像的東西，作用不一定相同，要先弄清楚再使用。

P17 小白兔畫畫（留意環境變化）

1. 小白兔想要畫一幅讓大家都稱讚的畫。
2. 牠畫得太專心了，不小心將顏料沾得到處都是。
3. 終於畫好了，但牠也變成一隻小花兔，朋友們看了都哈哈大笑。

★ 做事情時要專心，但也要注意四周環境的變化。

P18 好心的小鼴鼠（善用專長）

1. 好久沒有下雨了，草地上的花朵都快要枯乾，它們變得垂頭喪氣似的。
2. 小鼴鼠決定幫助花朵們，牠開始不停地挖地道。
3. 最後，小鼴鼠把河裏的水引到草地上，花朵們都高興地抬起頭了。

★ 學習培養自己的專長，如果能幫助有需要的人，會更有意義。

P19 想飛的小雞（不放棄的恆心）

1. 小雞看到大雁在天上飛，心想：「我也希望自己會飛啊！」
2. 牠看看自己的翅膀，決定到山坡上練習飛行。
3. 小雞一次又一次努力地拍動翅膀，但在空中停留沒多久，就狠狠地摔在地上。
4. 大雁被小雞的恆心感動了，便讓牠坐在自己的背上，一起飛向天空。小雞高興得唱起了歌。

★ 實現願望的方法有很多種，但也要努力嘗試方可。

P20 膽小的刺蝟（克服恐懼）

1. 小刺蝟看見樹上有兩道恐怖的光芒，便嚇得躲在大樹後面。
2. 噢，小刺蝟不小心把燈籠掉到地上，牠再仔細一看，哦……原來是貓頭鷹的眼睛啊！
3. 回家的路上，小刺蝟心想：「唉！我的膽子真是太小了！」

★ 對於不了解的事情會感到恐懼，只要把它弄清楚，就不會害怕了！

P21 鳥兒回家了（善用長處）

1. 小鳥們從樹上掉下來，回不了家，坐在地上哇哇的哭着。
2. 山羊和小豬想把小鳥送回家，可是鳥窩在樹上，牠們碰不到。
3. 有了高個子長頸鹿的幫忙，小鳥終於回到了家。

★ 如果能利用自己的長處幫助有需要的人，會顯得更有價值。

P22 小山羊撐傘（團結精神）

1. 下雨了，小山羊撐着傘，急着往家裏走。小熊和小老鼠在後面追牠。
2. 牠們想擠在小山羊的傘下，可是傘太小了，還是會淋濕。
3. 牠們互相幫助，這樣大家都不會淋雨了。

★ 遇到困難時，朋友之間互相團結合作，一定能想到解決的好辦法。

P23 小黃狗的新毛衣（想清楚再做）

1. 小黃狗穿着媽媽昨天買的新毛衣，大搖大擺的走在路上。
2. 牠發現衣服上有個線頭，就不停的拉。
3. 線終於被拉斷了，小黃狗很開心，但是小白兔為甚麼要笑牠呢？
4. 原來，那件新毛衣被小黃狗拉得只剩下半件啦！

★ 還沒有弄清楚事情便去做的話，很易會愈做愈糟。